U0132641

輕鬆學作文

寫人敘事篇

何捷 著
奧東動漫 繪

商務印書館

責任編輯　毛宇軒
裝幀設計　涂　慧
排　　版　高向明
責任校對　趙會明
印　　務　龍寶祺

輕鬆學作文·寫人敘事篇

編　　著　何　捷
繪　　圖　奧東動漫
出　　版　商務印書館（香港）有限公司
香港筲箕灣耀興道 3 號東滙廣場 8 樓
http://www.commercialpress.com.hk
發　　行　香港聯合書刊物流有限公司
香港新界荃灣德士古道 220-248 號荃灣工業中心 16 樓
印　　刷　嘉昱有限公司
香港九龍新蒲崗大有街 26-28 號天虹大廈 7 字樓
版　　次　2023 年 12 月第 1 版第 1 次印刷

ISBN 978 962 07 4676 5
Printed in Hong Kong

輕鬆學作文 - 寫人敘事篇（系列原名：爆笑作文）

作文派英雄卡

油菜花

作文派三弟子。冰雪聰明，內外兼修，最擅長舉一反三，作文功力勝於兩位師兄。

至尊飽

作文派二弟子。善良老實，為人仗義，軟肋是貪吃。

小可樂

作文派大弟子。機智勇敢，勤學肯練，好奇心強，遇到高強的作文功夫就走不動路，不學到手不罷休。

東寫
章真人
萬花筒
西讀
萬
包打聽
海
山
觀海
看山
白日夢
包
唐三百
景語大師
華小仙

梅
老頑童
松
馬優
王大蟲
竹
肖遙
一修大師

寫人篇

目錄

敘事篇

寫人篇

第十七回 四大門派英雄帖

作文兩大開山怪：寫人、敘事

天下武功出少林，天下太極出武當。
敘事寫人如泰斗，兩大門派互幫忙。

「國王很難過。」

「在一場戰爭中，王后被敵軍俘虜，不幸遇難，國王發動反攻，力挽狂瀾，最終收復了失地，但是王后的死依舊讓他悲痛欲絕。」

一句話只寫了人，一句話把人放到了事件中，對於人物的塑造來說，效果截然不同。沒有敘事的寫人作文只是蒼白無力的人物簡介而已，因此寫人的同時也要注重敘事。人與事，形影相隨，人不離事，事不離人。寫人必須要在寫事情的基礎上，通過一件或者幾件事情來體現人物的性格、刻畫人物的形象。

小可樂、至尊飽、油菜花三人就要出師下山，兩位師父在院中送別徒兒們。
這次下山除了讓你們獨立闖蕩江湖之外，
還有一個重要的任務要交給你們。

英雄帖？
英雄帖

沒錯，你們去請四大門派在今年重陽節來我們作文派參加武林大會，共同商討武林大事。
那……這武林四大門派都是哪些啊？

武林「四大門派」，分別對應着作文中四大寫作對象：人、事、景、物。
正所謂：「北崇少林，南尊武當，西看峨眉，東有丐幫。」
少林寫人派
武當敘事派
丐幫狀物派
峨眉描景派

哇！咱們要是把這四大門派都走上一遍，豈不是等於把大半個中國都遊歷了一圈？
正是如此，你們還有小半年的時間可以完成這個任務。

其實為師這麼安排還有一個目的，就是讓你們去這「四大門派」學習與歷練，以便掌握寫人、敘事、描景、狀物等類型文章的寫作要點。
你們可知，我們為何召開武林大會？

……

你們還記得「千人一面門」嗎？
啊？
是那個用易容術操縱江湖很多人，甚至連至尊飽也險遭毒手的「千人一面門」？
我們發現，近日江湖上又出現了一股惡勢力，名為「亂寫教」。
據說是由現實世界中不愛寫作文的孩子們的怨怒之氣與離奇古怪的寫法聚集而成的。「亂寫教」又自稱「烏龍教」，「千人一面門」其實只是它的一個分支而已。

江湖上由這「烏龍教」支配的門派日益增多，導致孩子們越來越怕寫作文。
所以我們才想集合四大門派召開武林大會，共同商討對付這個魔教的對策。
……

師父，我們一定把四封英雄帖送到四大門派。
為了維護作文江湖的和平，我們保證完成任務！

第一站你們就先前往離這裏最近的「少林寫人派」和「武當敘事派」吧，這兩派不但地理位置相近，關係也十分密切。

哦？為甚麼這麼說？

因為寫人的文章，離不開事例；寫事的文章，也離不開人物。
所謂「天下武功出少林，天下太極出武當」。寫人和敘事，是寫記敘文的重中之重。
你們若能到這兩大門派好好學習，掌握寫人和敘事的關鍵，那麼寫記敘文就會更加得心應手。
帶着兩位師父殷切的希望與囑託，三個徒弟一起下山，踏上了拯救武林、除魔衞道的道路……

祕籍點撥

寫人和敘事，是寫記敘文的重中之重。寫人的文章要用生動、具體的事例來刻畫人物形象；敘事的文章要用人物來串聯整個故事的進程。所以，想學好記敘文，學會怎樣寫人、如何敘事，是首要的。

1. 寫好人物的外貌、語言、動作、心理，把人物寫活。

《背影》中，朱自清先生這樣描寫父親爬上月台為自己買橘子：「他用兩手攀着上面，兩腳再向上縮；他肥胖的身子向左微傾，顯出努力的樣子，這時我看見他的背影，我的淚很快地流下來了。」

「攀」「縮」「微傾」這一連串的動作描寫，令作者父親那蹣跚的背影浮現在讀者眼前，由此體現出父親對兒子的摯愛深情，打動人心。

2. 寫清事情的時間、地點、人物、起因、經過、結果，把一件事寫明白。

《麻雀》中，作者屠格涅夫把故事的起因（獵狗攻擊小麻雀）、經過（老麻雀奮不顧身拯救幼兒）、結果（獵狗被老麻雀的勇氣震撼而退縮）交代得很清楚，從而把整個故事寫明白了，即一隻老麻雀在龐大的獵狗面前奮不顧身地保護小麻雀免受傷害。

3. 記敘多件事，圍繞一個中心去寫，文章詳略得當

梁容若在《夏天裏的成長》中，用「夏天是萬物迅速生長的季節」這句話統領全文，從小的動植物、大的自然環境、人的成長三個方面充分描寫出夏天裏各種事物的快速生長。

用武之地

終於可以下山闖蕩江湖啦，少俠你看起來很興奮啊，是不是既緊張又激動？在路上，你遇到了三個有趣的人。路人甲和路人乙二人分別自稱是少林寫人派和武當敍事派的俗家弟子，但他們從外形上根本看不出區別，這讓路人丙徹底懵了，不知他們到底哪個來自寫人派，哪個來自敍事派。少俠，快上前相助吧！

請試寫一個寫人的片段。

____

請試寫一個敍事的片段。

____

衣着描寫知身份，五官刻畫如見人。
聽其言來觀其行，察言觀色功夫深。

法國短篇小説家莫泊桑在沒有成名的時候，去巴黎請教福樓拜，問他該如何寫作，怎樣才能成功。福樓拜告訴他：「你每天來我家門口觀察來來往往的馬車，如果你能把其中一個馬車夫描寫成巴黎獨一無二的馬車夫，那你就成功了。」你看，只有通過觀察，我們才能通過人物的言行發現他獨一無二的地方，而不是完全同質化，一寫到媽媽，就是「大大的眼睛，高高的鼻梁，長長的頭髮」，面目模糊，毫無特點可言。

三位師兄妹奉師父之命前往「四大門派」。幾經奔波，他們來到了少室山下。

天色已晚，我們先在此休息一下，明日再上山拜訪高僧。

!
歡迎光臨！
請問三位少俠是打尖還是住店？

打尖？是甚麼意思？

二師兄，打尖就是吃飯的意思。
吃飯

好嘞，三位客官裏面坐。
小二哥，我們先吃個飯，然後住店。
我們打尖！打尖！

半個時辰後
飯還沒好呀，我快餓死了……

師父叫我們學寫人的功夫，店小二每天接觸的人沒有一千也有八百，不如……

小二哥，能順便問個事嗎？
客官有何吩咐儘管說。

我們見你忙進忙出，每位客人都能應對自如。
可否請教一下，你是如何做到的呢？

問我可算問對人了，本小二雖不是武林中人，但有一樣功夫——「察言觀色功」。
察言觀色功

察言觀色功？說來聽聽。
又有新武功學了。
……

我們客棧每天都要接待很多客人，遇見甚麼樣的人，就得說甚麼樣的話。
我只看一眼，就能通過對方的外貌，迅速判斷出對方的職業、身份，甚至性格。

哦？只看一眼，這麼厲害？
沒錯！
「他穿着一身白大褂，脖子上掛着一副聽診器，高高的鼻梁上架着一副黑框眼鏡，手裏正拿着一本病歷本，用他那一雙細長而明亮的眼睛仔細地查閱着。」
三位少俠，你們從這段外貌描寫裏獲得了甚麼信息？

從「白大褂」「聽診器」「病歷本」等衣着、攜帶物品綜合來看，我們可以知道他是一名醫生。

從「高高的鼻梁上架着一副黑框眼鏡」和「一雙細長而明亮的眼睛」可以看出，這位醫生有一個高鼻梁和一對不大但有神的眼睛。

從「拿着」「仔細地查閱着」這些動作描寫中，我們可以得知，這名醫生正在十分認真地查閱病人的病情，他應該是一位盡職盡責的醫生。

說得好！三位少俠果然天資聰慧，一點就通。

你們看，當我們描寫一個人物的時候，最開始一定是先寫他的外貌。
外貌描寫中，對衣着和攜帶物品的描寫足以讓我們了解人物的身份，五官的刻畫可以讓我們想像出人物的長相。
而這個人的動作或是狀態，就可讓我們了解到人物的性格和品質，如此一來，豈不是看一眼就能摸清這個人大致的情況了嗎？

小二哥的「察言觀色功」果然不同凡響。
哇，上菜啦！

少室山下的店小二都對寫人有如此見解，那少林寺的高僧們一定更高明了，我們養足精神，明日早早上山向高人求教！

剛到山下就有如此收穫，令三人開心不已……

祕籍點撥

當我們描寫一個人物時，外貌描寫至關重要。學會以下三個小技巧，可以幫助我們把外貌寫得更加細緻生動：

1. 對人物衣着和攜帶物品的描寫，可以讓讀者了解人物的身份。

《故鄉》中，魯迅先生這樣描寫閏土：「他頭上是一頂破氈帽，身上只一件極薄的棉衣，渾身瑟索着；手裏提着一個紙包和一支長煙管，那手也不是我所記得的紅活圓實的手，卻又粗又笨而且開裂，像是松樹皮了。」

通過閏土頭戴着的破氈帽，身上穿着的薄棉衣和手上提着的紙包、長煙管，我們了解了閏土生活的巨大變化和悲慘現狀。

2. 對人物的五官樣貌進行刻畫，可以讓讀者想像人物的長相。

《我的一位國文老師》中，梁實秋先生這樣描寫他的老師：「他的相貌很古怪，他的腦袋的輪廓是有棱有角的，很輕易成為漫畫的對象。頭很尖，禿禿的，亮亮的，臉形卻是方方的，扁扁的，有些像《聊齋誌異》繪圖中的夜叉的模樣。他的鼻子眼睛嘴似乎是過分地集中在臉上很小的一塊區域裏。他戴一副墨晶眼鏡，銀絲小鏡框，這兩塊黑色便成了他臉上最顯著的特徵。」

通過對老師的頭、臉、鼻子、眼睛、嘴等進行刻畫，以形傳神，使得文中的人物生動逼真。

3. 對人物的動作、狀態進行描寫，可以讓讀者了解人物的性格和品質。

《范進中舉》中，吳敬梓先生這樣描寫范進中舉後的動作：「范進不看便罷，看了一遍，又唸一遍，自己把兩手拍了一下，笑了一聲，道：『噫！好了！我中了！』説着，往後一交跌倒，牙關咬緊，不省人事。」

通過「看」「唸」「拍」「笑」「跌倒」等動作描寫，惟妙惟肖地刻畫出范進中舉之後樂極生悲的形象。

用武之地

江湖之大，無奇不有！在少室山山腳的這間客棧裏，就有形形色色的人物，他們或男或女，或老或少，來自各種不同的行業。請你運用「察言觀色功」，跟這位店小二比一比，看看誰的功力更深厚。

請試寫一段人物的外貌描寫，讓同學、老師、家長通過你的描寫，來推測人物的職業和其他各方面的信息，看看他們能不能猜得到是誰。

第十九回

六根清明助寫人

寫人抓住眼、耳、鼻、舌、身、意

眼耳鼻舌身和意，佛家六根乃清明。
視聽嗅味觸與腦，感官六識要兼併。

人物描寫的最終目的是刻畫其「精神」。當然了，我們是無法直接挖掘到人物的內心的，只有從他的外貌、語言、動作、心理等表現去挖掘。要寫好人物，就必須要用好自己的感官，注重觀察。在現實生活中，我們每天都要和許許多多的人交往：在家庭中，有父母和其他親人；在學校，有老師和同學；在大街上，遇到的人就更多了。我們可以試着仔細觀察他們外部情態的特徵性表現，進而深入他們的內心，了解他們的思想性格，從中體會到人物描寫的技巧。

次日，三位小夥伴一早就上山拜訪少林寺高僧。

三人向山門小和尚說明了來意，來到大雄寶殿門前。

小可樂將「英雄帖」交給一修方丈，並且轉達了師父的意思。
早聽聞少林乃天下武學正宗，特別是在作文江湖裏，以「寫人」的功夫聞名天下，晚輩斗膽想請方丈賜教一二。
原來如此，小可樂施主真是好學上進，你們且隨我來吧！

小可樂施主，這之中的關係可大着呢！這「六根」，正對應着視、聽、嗅、味、觸、腦這「六識」，我們寫作文的時候，這「六識」便是基礎。

六根清明陣！
意
說時遲那時快，這六位高僧竟默契地一起施展起一套精妙的陣法——
每到下課時間，小明總是迫不及待地衝出教室。（視）
嘴裏還發出興奮的吼叫聲。（聽）
操場上，他不顧天氣的炎熱，也不懼球賽「激烈廝殺」帶來的疲勞與疼痛。（觸）
他揮汗如雨地奔跑着，打完球後，喝上一口清涼而甘甜的礦泉水，真是暢快淋漓！（味）
不過上課後彌漫在教室裏的汗臭味就讓老師無福消受了。（嗅）
小明常想：下課嘛，玩得開心最重要。（腦）

轉眼一百回合過去了，三人始終處於下風，佔不到半分便宜。
好啦，點到為止，可以罷手了。

呼……

其實三位少俠的武功並不弱，他們如果單打獨斗絕不是你們的對手，可是一旦合力施展陣法，便立於不敗之地了。你們可知為何？

……
我知道！因為……團結就是力量！

二師兄，我覺得，其實是「六根清明陣」包含六種感官的緣故。
寫作文時，如果只用上一種感官，總是寫一種感受，哪怕文筆再好，也未免顯得單調乏味。
如果能像剛才那篇作文一樣，不斷切換感官，就能讓讀者更加立體地感受到人物的特點，效果就要比只寫單一的感覺好上數倍了。
眼
耳
舌
鼻
身
意

不錯，小施主很有慧根。
切磋勞神，請去飯堂用些齋吧。
有飯吃啦！

祕籍點撥

運用視、聽、嗅、味、觸、腦等多種感官描寫人物，既能讓我們的作文內容更加全面，又能讓讀者更加立體地感受到人物的特點。

《社戲》中，魯迅先生這樣寫道：「兩岸的豆麥和河底的水草所發散出來的清香，夾雜在水氣中撲面的吹來；月色便朦朧在這水氣裏。淡黑的起伏的連山，彷彿是踴躍的鐵的獸脊似的，都遠遠地向船尾跑去了，但我卻還以為船慢。他們換了四回手，漸望見依稀的趙莊，而且似乎聽到歌吹了，還有幾點火，料想便是戲台，但或者也許是漁火。」

這裏，主人公聞到「兩岸的豆麥和河底的水草所發散出來的清香」，看到朦朧的月色和「淡黑的起伏的連山」，聽到「歌吹」。從嗅覺、視覺、聽覺幾個角度來寫，語言既生動又優美，把主人公「我」想要去看戲的急切心情表現得淋漓盡致。

用武之地

少俠，你現在就站在少林寫人派達摩院的六大高手面前，他們的「六根清明陣」確實很厲害。不過，這道陣再強，相信也難不倒聰明絕頂的你。只要能看破「六根清明」的奧祕，你必然能輕鬆破陣。

請試寫一段人物描寫，用上視、聽、嗅、味、觸、腦這六大感官中的至少三樣。功力深厚的少俠，你甚至可以挑戰六種感官全寫喲！

人物形象像巨石，一把雕刀刻真實。
多種角度求立體，五蘊色受想行識。

人物描寫應力求具體生動，能做到繪聲繪色地再現人物，讓讀者如見其人，如聞其聲。

寫人的時候，要學會先要設定一個「錨」，也就是你最想表現的這個人物最核心的性格內核。有了這個錨，就可以由這個核心向多個角度來寫，例如，從外形、情感、思想、行為、認識等方面，對人物進行多角度多維度的描寫，這樣人物才會變得立體。

小可樂三人住在少林寺客房，每日與達摩院大師切磋，提高寫作技巧。

這日，一修方丈帶小可樂一行人來到了少林寺一個幽靜的角落。

好大的菩提樹，下面怎麼那麼多人？

啊，原來全是佛、菩薩的木雕。
這些雕像簡直栩栩如生啊！

惟妙惟肖，入木三分！
他們五人，是菩提院的木雕師，合稱「五蘊使者」。他們的這門功夫，就叫「五蘊皆空刀」。
那這「五蘊」是甚麼意思？
這「蘊」，就是「蘊藏」的意思，分別是色蘊、受蘊、想蘊、行蘊、識蘊。
其實翻譯過來，在作文江湖裏指的就是人的外形、情感、思想、行為、認識，這五樣東西可是作文中用以刻畫人物形象的重要內容。
好深奧呀，聽不懂……
貧僧來演示一下「五蘊皆空刀」的效果吧！

我的爸爸

爸爸的腦袋不大，卻有一頭烏黑的頭髮，像染過一樣。而爸爸的手很大，象一把分開的扇子。（外形）

我的爸爸是一個關心我、疼愛我的人。每天早上天還沒亮，我拿起手電筒、揹上書包上學的時候，爸爸都在一旁叮囑，要我路上小心，不要摔倒了，在學校要聽話。雖然每次都是這幾句，我也不覺得爸爸囉嗦。（行為、情感）

我爸爸很喜歡吃水果，蘋果是他最愛吃的，而爸爸每次都只吃一點點。有一次放學的時候，我買了一袋蘋果回來，洗好一個給爸爸。爸爸卻只是切了一小塊，剩下的都給了我。（行為、情感）

爸爸希望我健健康康長大，然後一家人快快樂樂過一輩子。我想，等我長大了，賺到錢，買了房子，就和爸爸媽媽一起住。（思想、認識）

你們看，這篇作文從多個不同角度，立體刻畫出了爸爸的人物形象。這裏蘊藏着五個方面的內容，就叫「五蘊」。

一篇作文若能做到「五蘊皆空」，便如蘊藏着一股強大的內力，能將人物刻畫得逼真、血肉豐滿。

哇，方丈身手好厲害。

……

一修大師的演示太精彩，我有些心得了。

哦？小可樂施主說說看？

達摩院的「六根」師父們所練的「六根清明陣」，是通過六種不同的感官來描寫人物的樣子的。
而菩提院的「五蘊」師父們所修的這套「五蘊皆空刀」，則通過五種不同的角度，全方面、立體地刻畫出人物的形象。

太有慧根了！老衲甚至有點想幫你剃度呀！
方丈，您的好意我心領了，我喜歡吃肉，當不了和尚。

方丈，我還有一事不解。
如果要蘊藏這五種內容，那應該是「五蘊不空」啊，為甚麼叫「五蘊皆空」呢？

好問題，我說的「空」並不是指無，而是要自然流露、不露痕跡，所有的情感、思想、認識等心理活動，都應該自然地蘊藏在作文的字裏行間，讓讀者不知不覺地感受到你要傳達的意思，因此才叫「五蘊皆空」啊！

三人恍然大悟，少林絕學果然名不虛傳！

祕籍點撥

刻畫人物形象，可以運用對外貌、情感、思想、行為、認識的描寫，讓人物形象更加鮮明立體。

《祝福》中，魯迅先生寫祥林嫂：「她像是受了炮烙似的縮手，臉色同時變作灰黑，也不再去取燭台，只是失神的站着。直到四叔上香的時候，教她走開，她才走開。這一回她的變化非常大，第二天，不但眼睛窈陷下去，連精神也更不濟了。而且很膽怯，不獨怕暗夜，怕黑影，即使看見人，雖是自己的主人，也總惴惴的，有如在白天出穴遊行的小鼠；否則呆坐着，直是一個木偶人。不半年，頭髮也花白起來了，記性尤其壞，甚而至於常常忘卻了去淘米。」

作者通過描寫她「臉色同時變作灰黑」的外形，「像是受了炮烙似的縮手」「失神的站着」的行為，「很膽怯」的情感，「呆坐着，直是一個木偶人」的思想等，對祥林嫂這一舊社會勞動婦女的人物形象進行刻畫，以她的悲劇深刻揭示了舊社會封建禮教對勞動婦女的摧殘和迫害。

用武之地

少俠，菩提院的五位木雕師邀請您也來體驗一把「人像雕刻」，別小看木雕這種小小的技術活，其實，這也是一種作文功夫喲！

請試寫一段人物描寫，嘗試從外形、情感、思想、行為、認識中選取兩三個方面，全面刻畫一個人物的形象。

如來神掌人間現，喜怒哀樂皆可變。
變化起來需注意，使用場合與差別。

表情描寫是人物描寫中非常重要的部分，但也是容易被忽略的部分。對於人物的表情，我們應當觀察到細微的變化。比如笑，「微笑」是反映發自內心的喜悅；「歪起一個嘴笑」是表示心懷鬼胎，不懷好意；「張大嘴哈哈大笑」既表現人物豪爽的性格，也表現笑得痛快。你看，細微的變化後面，隱含着的意義大相徑庭，只有觀察清楚各種表情的特點，才能讓神態描寫為人所用。

小可樂在少林寺努力學習新武學，「六根清明陣」「五蘊皆空刀」讓他大開眼界，興奮不已。
眼
耳
鼻
舌
身
意

咚咚……

這位小師父，您有甚麼事呀？
小可樂施主，您好，小僧法號如來，今日向您請教武藝來的。

小可樂一聽是挑戰者，便十分高興地答應了，還叫上至尊飽、油菜花到院子裏準備觀戰。

這幾回合勢均力敵，師兄贏定了。
不好說，再看看。

果然二十回合後，小可樂所學招式用盡，漸漸不敵小師父變幻的掌法。

承讓。

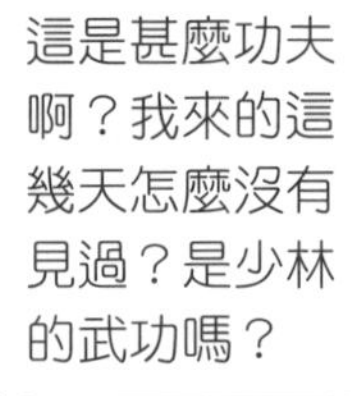

這是甚麼功夫啊？我來的這幾天怎麼沒有見過？是少林的武功嗎？

這就是小僧我自創的「如來神掌」！
你有沒有聽說過一套從天而降的掌法？

好……好厲害的名字。
如來神掌

讓我猜一猜，有句歇後語叫「如來佛的手掌——千變萬化」，今天大師兄之所以會敗給小師父，應該就是輸在這一個「變」字上。
不錯。

油菜花小施主說對了，祕訣就是一個「變」字，請看我剛才比武打出的作文。

我的妹妹特別愛笑。每當看到有趣的動畫片時，她都會捧腹大笑；

當聽到別人講了一個笑話時，她也會被逗得呵呵直樂；

當有人誇獎她可愛或懂事時，她會小臉紅得像蘋果，羞澀地揚起嘴角；

當撓她胳肢窩的時候，那可更不得了，她會笑得滿臉都是牙……

比如寫一個人哭，可以變成啜泣、抽泣、痛哭流涕、泣不成聲、梨花帶雨等。

寫一個人生氣，就不要老是用發怒、生氣這樣的詞彙，可以用青筋暴突、火冒三丈、大發雷霆、怒髮衝冠等詞語來形容。

大師明示，以後我用招儘量去「變」！

比如，如果因有人欺負你而生氣，你可以說「火冒三丈」；

因有人讓你丟臉出醜而生氣你可以寫「惱羞成怒」；

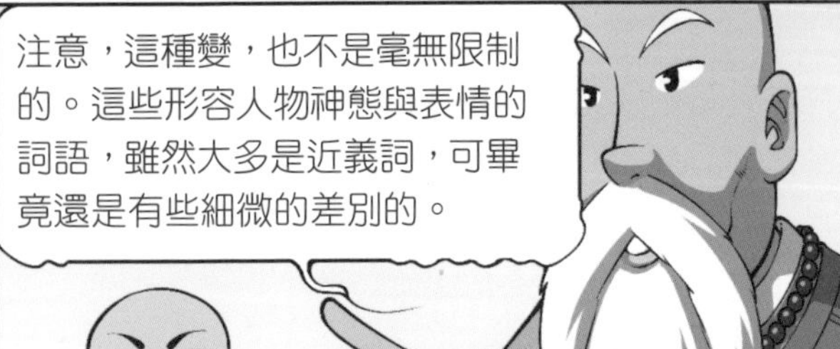

注意，這種變，也不是毫無限制的。這些形容人物神態與表情的詞語，雖然大多是近義詞，可畢竟還是有些細微的差別的。

假如是遇到了煩惱的事而生氣，你就可以用「心情鬱悶」。
這些詞語都「變」得很準確。

金剛怒目彌勒笑。
所謂變化，也要符合每個人物的特點才行。
菩薩慈眉佛陀悲。
總結得不錯。

多謝大師指點。

不用謝啦！
小可樂施主，咱去山上玩會吧！
我也要去！

祕籍點撥

在寫人作文中運用表情描寫時，要看清具體情況，在表達上要富有變化，用詞要符合人物的特點。

例如，寫一個人笑時，可以根據不同人物的特點用上不同的表達方式。「她那張活潑的笑臉，像春天裏嬌豔的鮮花在開放」，這是孩童的笑；「她笑得兩個眼睛變成兩彎月牙兒，嘴角上翹化為優美的弧線，深深的酒窩盛滿她的快樂。爽朗如銀鈴一般的笑聲傳入周圍人的耳朵，惹得人也不禁想跟着她一起笑」，這是傳遞快樂的笑；「朝霞映着她那幸福的笑臉，如同玫瑰花一樣鮮豔，微微翹起的嘴角掛着滿心的喜悅」，這是幸福的笑。

用武之地

如來小師父的「如來神掌」讓少俠你受益匪淺，相信你早就迫不及待，躍躍欲試了。來，對着你眼前的這根木人樁，打下你的第一組「如來神掌」吧！

請試寫一段包含喜、怒、哀、樂等神態表情的人物描寫，別忘了用上近義詞。

____

____

____

____

____

觀音一拳化千手，化整為零幾步走。
為何此招這般強，分解動作最威猛。

「老頭兒放下了釣絲，把它踩在腳底下，然後把魚叉高高地舉起來，舉到不能再高的高度，同時使出全身的力氣，比他剛才所聚集的更多的力氣，把魚叉扎進正好在那大胸鰭後面的魚腰裏，那個胸鰭高高地挺在空中，高得齊着一個人的胸膛。他覺得魚叉已經扎進魚身上了，於是他靠在叉把上面，把魚叉扎得更深一點，再用全身的重量推到裏面去。」

海明威在《老人與海》中的這段經典描寫，把筆墨集中在處於特定時空的魚叉上，「舉」「扎」「靠」「推」等動作構成精彩的特寫鏡頭，運用細緻筆調使行為動作如影視中的特寫鏡頭凸現於讀者面前，使人從驚心動魄的搏鬥中形象地體味到人的偉力、氣魄和智慧，堪稱「分解動作」的範本。我們在進行動作描寫的時候，也要學會使用「慢鏡頭」，將關鍵的動作分解、定格。

這日，小可樂三人正在院子裏練習新學的武功……
這個動作不標準！
要斷了！

是可樂施主嗎？

我是如來的師弟如動，他使用的作文功夫，是專注於表情的「如來神掌」。
而我呢，則喜歡專注於動作描寫的「千手觀音拳」。

我來應戰！
阿飽？

雖然他和我比的是「千手觀音拳」，但是動作描寫我可是最擅長了，這次我贏定了。

練了這麼久，也該我露一手給大家瞧瞧！
阿飽加油。

排比連環掌！

千手觀音拳！

哎喲……怎麼一拳我就輸了……
阿飽！沒事吧？

阿彌陀佛！至尊飽小施主，其實再簡單的動作也可以變成豐富多樣的招式，只要學會能化整為零的「千手觀音拳」！

千手觀音拳？哪裏特別了？
阿飽，還是我來給你說一下吧。

剛才至尊飽打出的作文是這樣的：下課了，小明和小剛到乒乓球場打球。第一回合，是小明發球。小明將球打了過去，小剛又把球打回來，然後小明又打了過去，小剛又打了回來，小明再打過去，小剛再打回來，結果這下小明沒接住，第一回合小剛勝了。第二回合，輪到小剛發球了，他也將球打了過去……

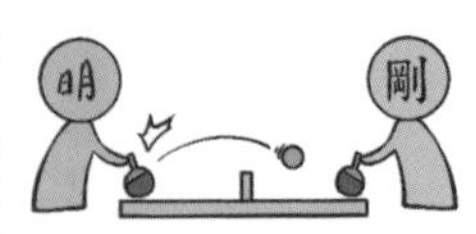

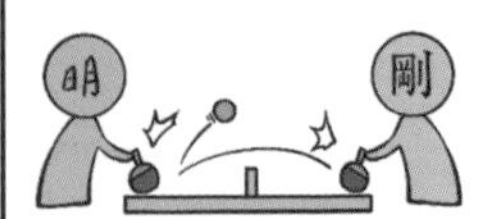

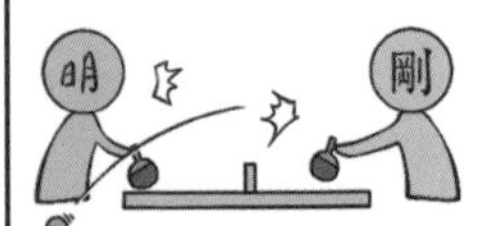

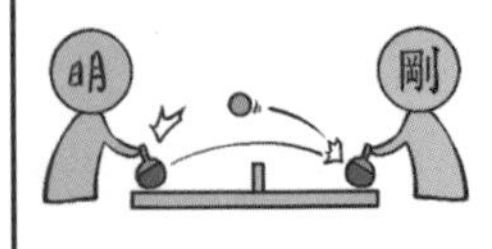

如動小師父打出的作文是這樣的：下課了，小明和小剛到乒乓球場打球。第一回合，小明發球。他一隻手端着球，另一隻手握着拍，貓着腰，弓着背，雙眼緊盯着小剛。他深吸了一口氣，將球往天上一拋，右手猛一揮拍，就將球擊打了出去，只見這顆球畫出了一道優美的弧線，落在了小剛反手的球枱上……

二師兄，我了解你，你一向喜歡使用「排比連環掌」之類的功夫，喜歡用重複的方式來增強氣勢。
重複，固然是一種力量，但是過於重複，就會給人一種囉唆累贅、用詞貧乏的感覺。
還有，你總是喜歡簡單，寫文章都是大而化之，每個動作都用一個詞，太單調。
其實，如動小師父的這套「千手觀音拳」正好可以改正你的這個缺點。

關於動作描寫，你寫的是「打」，所以你從頭到尾，用的都是一樣的招式。而如動師父則把這一個「打」字拆解成了「端」「握」「貓」「弓」「盯」「吸」「拋」「揮」「擊打」等一連串的動作。
雖然同樣是寫打乒乓球，但他把簡單的動作以一化多，分解出無數招，自然勝過你了。

我剛才可真是「丈二和尚—— 摸不着頭腦」了。現在我終於明白了，我一定好好學習這門「千手觀音拳」。

好啊，那我就從「第一手」開始教你。
啊？那「千手」不是要學一千遍？

算啦，我不學啦！
哈哈哈哈！

祕籍點撥

在寫人作文中運用動作描寫時，可以把簡單的動作以一變多，化整為零，分解出許多動作。

例如，寫老師特別喜歡喝茶，可以細緻觀察老師喝茶的過程，將老師喝茶的動作進行分解，帶出一連串的動作。如「每次上完課，林老師總會左手端起茶杯，右手輕輕掀起茶杯蓋在杯口上擦幾下，然後把嘴湊近杯子，鼓起腮幫吹幾口，把茶葉吹到一邊，接着再輕輕抿一口茶水，應該是在試探水的溫度。然後，他就大口大口地喝了起來，只聽見『呼啦呼啦』的聲音，他的喉結也在不停地上下抽動。眨眼工夫，一杯水就見底了。他咂巴着嘴唇，好像還在回味着茶香呢！」這樣寫，把簡單的動作化整為零，生動還原了老師喝茶的過程。

用武之地

智勇雙全的少俠啊，如動小師父的這招「千手觀音拳」你學會了嗎？你能否將「一拳」打出「千手」般的變化呢？趕緊來試一試吧！

請試着將下面這個動作拆解成一套完整的分解動作。

今天，我在家裏學做菜，做了一道番茄炒蛋。

一半嚴肅一半親，世人都有兩面孔。
尺短寸長皆在理，人間何來十全人？

怎麼樣才能夠讓自己筆下的人物更加真實？那就是不要怕寫他的缺點。人無完人，一些無傷大雅的缺點不但不會令人生惡，反而會讓人覺得比較真實。所以，寫人的時候，我們可以運用對比的寫作手法，使人物形象更加鮮明和突出，既寫出人物的優缺點，又能抓住人物的獨特之處，不把人物「神化」，賦予他們獨一無二的生命。

這兩天，小可樂和至尊飽為了一件事吵得不可開交。

在少林寺的後院裏有一尊佛，我每次過去看的時候，那尊佛都是一副金剛怒目、兇神惡煞的樣子，可嚇人了，可是至尊飽卻說不是。

當然不是啦！你說的那尊佛呀，我也去看過了，分明就像觀音菩薩一樣，慈眉善目，面帶微笑。一點也不嚇人。

像金剛！
像菩薩！
夠了，你們別吵啦！

……
像菩薩！
像金剛！
金剛！
菩薩！

別吵啦！
到底像甚麼，我們一起去看看。
師妹說的對。

三人一起來到了後院的大殿裏。
我來這邊的時候，已經是傍晚了，餘暉從這邊照進大殿，我才看清了大佛的樣子。
那天上午，我路過這裏，就是站在這個位置，藉着朝陽的晨光，看到大佛的模樣的。

那咱們就把油燈點上看清楚。

啊？這……

阿彌陀佛，這是我們少林寺的兩面佛。
一修大師。

這佛也藏着我們寫作文的奧義，讓我們來看一下這篇作文吧！
我有兩個媽媽，一個在學校裏，另一個在家裏。在學校裏的媽媽，被同學們稱為「世界上最溫柔、最親切、最有愛心的老師」。
上課時，媽媽面帶微笑，精神抖擻，講起課來娓娓動聽。課後，媽媽不但耐心地給學生們講解難題，而且還主動與他們談心，幫助他們解決各種成長的煩惱！
媽媽對所有的學生都充滿了愛。在同學們的心中，媽媽是世界上最優秀的老師。
可在家裏，媽媽就完全不一樣了。她從來不帶我出去玩。我每天都要完成她佈置的額外作業。
媽媽常說我就是她的「面子」。只有我的成績在班裏名列前茅，她才滿意。就這樣，為了媽媽的面子，我失去了許多童年的快樂，真正成了一台「做作業的機器」。
100
作業
現在，如果你問我喜歡哪個媽媽，我會毫不掩飾地告訴你：我喜歡在學校裏的那個媽媽。

文中的孩子將自己的媽媽一分為二，成了兩個截然不同的媽媽。
所謂的「兩面佛」，其實是指我們每個人生活中都有兩面性吧！

不錯，說得好！
小可樂，你覺得呢？

我忽然明白了我以前寫作文的時候，刻畫的人物形象都太單薄了。其實，現實中十全十美的人是不存在的。

每個人都既有優點，也有缺點，我們應該把人物寫得真實、全面、立體。
善哉！都是聰明的孩子呀！

也不都是這樣吧，像我，若寫我自己，就只能寫我愛吃東西。如果不讓我吃，我會崩潰的！

至尊飽說的也對，放心，你想吃東西，就可以吃，重點在於真實嘛！
走，我們去吃晚飯！

祕籍點撥

刻畫人物形象時，既要寫出優點，也要適當提到不足，力求把人物寫得真實、全面、立體。

例如，向別人介紹自己，可以先說說自己的優點：「我非常喜歡學習，課餘時間我最愛看課外書了。高爾基先生有句名言：『書籍是人類進步的階梯！』我最愛讀的書有《三十六計》《格林童話》《昆蟲記》等，看課外書可以使我們增長知識。讀中國歷史故事時，我感覺就像在遊歷中國上下五千年，既淨化了心靈，又陶冶了情操；讀科學書籍時，我了解了更多關於自然和宇宙的奧祕，它們激發了我無窮的探索慾望；讀童話故事時，我走進了一個個奇妙的世界，在那裏，人與動植物和諧友愛……」接着，你可以再說說自己的缺點：「馬虎是我最大的缺點。在一次單元考試中，我看見卷子上的題目很簡單，便沒有認真讀題，自顧自地寫起來，沒想到卻漏答了一道題，最後『名落孫山』。」

這樣一來，在刻畫人物形象時，就兼顧了優缺點，使文字更加深入人心。

用武之地

少俠，正所謂「金無足赤，人無完人」，每個人都有自己的優缺點，你站在兩面佛下面，也會忍不住開始總結自己的優點，反思自己的缺點。

試着寫寫自己吧，既要寫出優點，也要寫出缺點與不足。

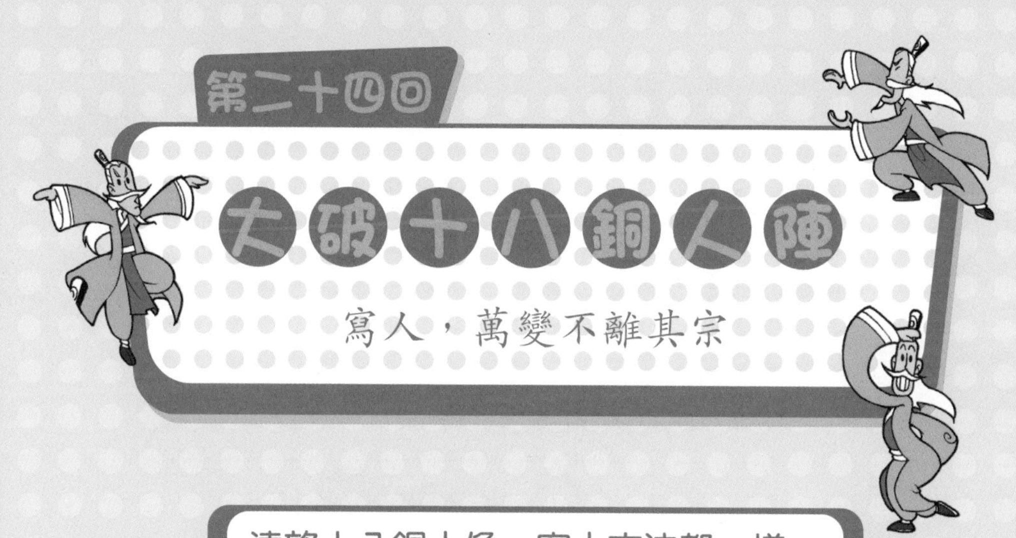

第二十四回 大破十八銅人陣

寫人，萬變不離其宗

遠望十八銅人像，寫人方法都一樣。
注意詳略要得當，各有特色最好看。

魯迅說：「要極省儉地畫出一個人的特點，最好是畫他的眼睛……倘若畫了全副的頭髮，即使細得逼真，也毫無意思。」這段話的意思倒不是說外貌描寫就只是寫人物的眼睛，而是要抓住人物的主要特徵。其實，無論是寫甚麼樣的人，只要抓住了人物的主要特點，離刻畫出一個深入人心的人物形象就會更進一步了。

在少林寺已有月餘，三人準備向一修方丈辭行，前往「武當敍事派」送帖求學。

三位小施主，你們可曾聽說，我們少林寺有一個下山的規矩？
我知道，是要過「木人巷」，破「十八銅人陣」！
不錯，千百年來，凡是想從我們少林寺下山的弟子都必須通過這「木人巷」的考驗，破了「十八銅人陣」，才能獲准下山。
回去好好準備準備吧！
三日後
木人巷
就是這裏了，我們進去吧！

我們班的施朗是個學霸。他個子很高，有一雙炯炯有神的眼睛，高高的鼻子和一張小嘴巴。他為人非常勤奮，即使同學約他外出玩耍，他也繼續溫習，努力為考試作好準備。當他遇到難題時，總是眉頭緊鎖，全神貫注地思考着。「有了！」你看！他的眼珠子一轉，終於想出了解題的方法。我十分欣賞他的勤奮認真。

我的同桌是個愛哭鬼，只要老師一說她，她的眼淚就嘩嘩地流下來。這一次，她又不知道因為甚麼事情，眼睛紅了起來。
再了解了一下，原來是她不想吃飯。老師苦口婆心要她吃，她都不肯。
等到午餐被收走時，她才後悔了……
咚！
咚！
咚！
好厲害的文章功夫！

大師兄，挺不住了！
別放棄，阿飽！

除此之外，我們班裏還有「流星」「雷達」「鬧鐘」「孫悟空」等一眾奇葩。這就是我們「奇葩綽號班」。在我們班裏，不知從甚麼時候開始，有人給別人取起了綽號，雖然這樣不好，不過這幾位被取綽號的同學都笑嘻嘻的，並不厭惡。因為綽號，開始有人關注他們，他們都成了我們班的小名人。
嘭！

轟

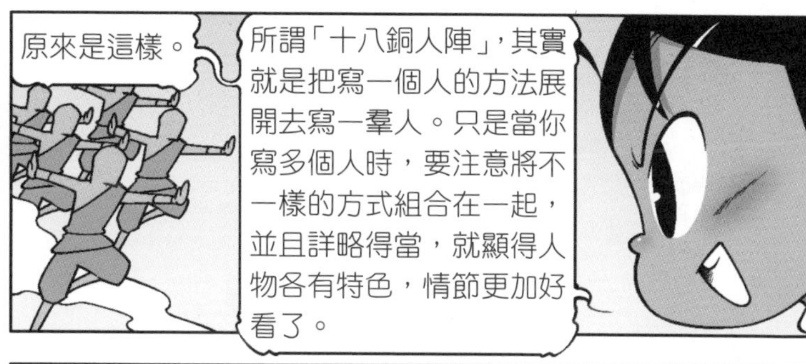
原來是這樣。
所謂「十八銅人陣」，其實就是把寫一個人的方法展開去寫一羣人。只是當你寫多個人時，要注意將不一樣的方式組合在一起，並且詳略得當，就顯得人物各有特色，情節更加好看了。

阿飽，師妹，我們分散開來各個擊破！
好！

小可樂三人迅速分頭施展絕技。
最終，他們成功打敗十八銅人，通過了考驗。

祕籍點撥

寫人作文中，描寫多個人的時候，要注意詳略得當，讓人物各有特色且情節豐富。

例如《水滸傳》中，施耐庵先生塑造了 108 位好漢，每個人物都有各自的性格、氣質與形象。作者在每一回都認真刻畫了一位形象：在〈劫法場石秀跳樓〉一回，通過對石秀敏捷動作的白描，把他當機立斷、臨危不懼的性格刻畫得入木三分；而在〈景陽岡〉中，作者又通過對武松的語言描述，展現他英雄豪邁的性格。比如說武松在店裏喝了三碗酒後，店主勸他不要再喝了，武松不停地說：「你為甚麼不賣給我一些酒？我吃了三碗，怎麼沒喝醉呢？我會不付錢嗎？再來三碗！」他根本不相信「三碗不過崗」的警告，這體現了他的英雄豪邁的性格。

用武之地

少俠，不闖一闖「木人巷」，不破一破「十八銅人陣」，怎能算得上少林俗家弟子？掌握了寫人作文功夫的精華，不管是寫一個人，還是寫十個人，那都不在話下。

試着寫出一段多人羣像描寫，如果是自己生活中的一個場景，就更好了。

敍事篇

敘事，事例要具體

講述故事不簡單，沒有事例太一般。
寫人敘事常相伴，具體翔實才好看。

敘事，其實就是講故事。講故事是人類古老的表達方式之一，人在剛生下來的時候並不能很好地理解邏輯，但能聽懂故事。尤瓦爾・赫拉利在《人類簡史》中說過，智人之所以能夠戰勝其他物種，是因為他們能進行大規模的協作，而把智人團結在一起的，就是故事。人類存在沒有汽車的社會，卻不存在不講故事的社會，人類的發展史，就是講故事的歷史。

好故事的一個重要標準，就是要有一個具體的事例。故事是否具體影響了它的真實性，是否真實決定了它是否能打動人。所以，把故事寫具體，讓它更真實，對於敘事來說，至關重要。

三人拜別了少林寺眾僧，向武當山出發。

一路上風餐露宿，卻也有說有笑。

不知不覺走到了武當山腳下。
終於快到了。
哇，好壯觀！

輕鬆學作文

這幾日趕路辛苦了，今日就先在客棧休息一下，明早再上山吧。
客棧

在下江湖書生「包打聽」，今日給大家說一段書。
說書不就是講故事嘛，這有何難？

好，既然我們在武當山腳下，那我就來說一說武當派裏各位高手的故事。

這位說書先生要講「武當敍事派」的奇聞軼事了，我們正好也聽一聽。
說到這「武當敍事派」，不得不提掌門人「虛實真人」章三分。說到章真人，那就是一個字——好！

?

怎麼個好法？

性格好！
武功更好！
人品好！
總而言之，就是一個「好」字！

說書的，你這是甚麼故事？啥也沒說嘛不是？
各位請看！
哈哈哈……說得好。現在你還覺得講故事很隨便、很容易嗎？敘事嘛，若沒有具體事例，怎麼能行呢？

我的爸爸是個廚師，他每天都很辛苦，有一次我目睹了爸爸做菜，真的好辛苦。我要好好唸書，將來做個有用的人，報答爸爸的恩情。

這篇作文和剛才先生的介紹一樣，作者說爸爸辛苦，就只是反覆強調了「辛苦」二字，卻沒有詳細事例。

這位小兄弟說到點子上了。

這位女俠說得太對了，三位不愧是作文派的高徒，包打聽代表武當派弟子說一聲：服了！

你認識我們？

我們下山前，西讀師父說過「天下武術乃是一家」。寫人敘事，本就沒有那麼涇渭分明。寫人的文章，離不開介紹具體事例；寫事的文章，離不開刻畫人物形象。二者其實是無法割裂的。

祕籍點撥

想要詳細介紹一個人的特徵，或揭示清楚是一個道理，通過描述具體的事例是很重要的。

1. 選用正反事例

事例有正面和反面之分，有時候，會存在於同一個人身上，這時候，將正反兩面事例都寫出來，就能更好地介紹這個人的特點。例如：從正面說，瓦拉赫是化學方面的「前程遠大的高才生」；從反面說，瓦拉赫是繪畫藝術方面的「不可造就之才」。

2. 用排比的方式選用事例

例如：「蓋文王拘而演《周易》；仲尼厄而作《春秋》；屈原放逐，乃賦《離騷》……」這裏，司馬遷以排比的方式，選用了一連串古人發憤圖強的事例，強有力地說明了自己的觀點——只有不為世俗所拘的卓異之才才能見稱於後世。

用武之地

少俠，沒想到吧，在這武當敘事派門下的小客棧裏，竟然也臥虎藏龍。少俠也像武當派大弟子包打聽那樣，說一段書如何？

請試寫一件你最難忘的事情，請注意把過程寫完整，事例寫具體。

作文裏的敘事也有「三分虛」

一篇文章可三分，開頭結尾和正文。
以虛襯實章真人，虛實結合定乾坤。

「藝術來源於生活，卻又高於生活」，是俄國唯物主義哲學家、文學評論家、作家、革命民主主義者車爾尼雪夫斯基在《藝術對現實的審美關係》一書中提出的有關藝術創作的觀點。正如魯迅先生在《我怎麼做起小說來》中所說：「所寫的事迹，大抵有一點見過或聽到過的緣由，但決不全用這事實，只是採取一端，加以改造，或生發開去，到足以幾乎完全發表我的意思為止。」所以，當從自己的經歷中找不到特別恰當或者貼切的材料時，也可以對自己經歷過的事做適當的加工和改造，用於文章中。

次日，一行人上了武當山。
武

少俠們，旅途辛苦了，留下來歇息幾日吧。
原來如此，為了江湖和平，我們一定會去參加大會的！
英雄帖

章真人立刻設宴款待三人。

章真人，我心中一直有個疑問，不知當講不當講。
學貴有疑，你有問題是好事，不妨說出來聽聽。

我想知道，您為甚麼叫「虛實真人」章三分呢？
至尊飽小兄弟不得無禮。
哈哈……無妨，我就來講一講吧。

幾乎所有的作文都可以用三分法，大致分為三個部分：開頭、正文和結尾。
我們專注於寫事，就用寫事作文來舉例吧，正文部分可以再次三分為：起因、經過和結果。

原來您名中的三分是這麼個三分啊。

至於我的道號「虛實」就要重點講一講了。那就是我們「武當敍事派」所崇尚的武學理念——虛實結合。
敍事？虛實？虛實結合？

首先你們要明白，作文本身就是「虛」與「實」的結合。在這兩者中，「實」是基礎。寫作文要從真實的生活出發。
要儘量寫自己親身經歷過的事情。只有敍述了真實的故事才能表達自己真實的情感。

你們來看一下這篇作文吧。
!

章真人內力透過拂塵，空中出現一篇作文。
上學路上，我在公交車上看到一位老爺爺上車，就主動起身給他讓座；下了車後，我看見馬路邊站着一位盲人老奶奶，於是就將她扶過了馬路；我向學校走去，突然發現自己腳下踩着一個錢包，打開一看，裏面全是百元大鈔，就立馬將錢包交給了警察叔叔。警察叔叔問我叫甚麼名字，我揮揮手，說道：「這都是我應該做的。」

這作文實在太假了。
看不下去了。
所以我才被人們尊稱為「章真人」啊！
如果我教門下的弟子修煉的作文功夫，都是寫這麼虛假的文章，那我就不能叫「章真人」，得叫「章假人」啦！
章真人，既然如此，那麼保證作文的「實」就足夠了，為甚麼還要「虛」呢？不是應該追求真實，杜絕虛假嗎？

寫作文，尤其是寫事的作文，選材是儘量要保證真實的。
但當找不到特別恰當或貼切的材料時，也可對自己經歷過的事做一定程度的加工和改造，在語言和寫作技巧上進行一些修飾。
就能讓文章更精彩，這就是所謂的「虛」。

咦？這難道不是造假嗎？

當然不是。所謂「虛」其實是學會講故事的方法。如果事無巨細地記錄你的生活，那倒是真實了，可也變成了又臭又長的流水賬。

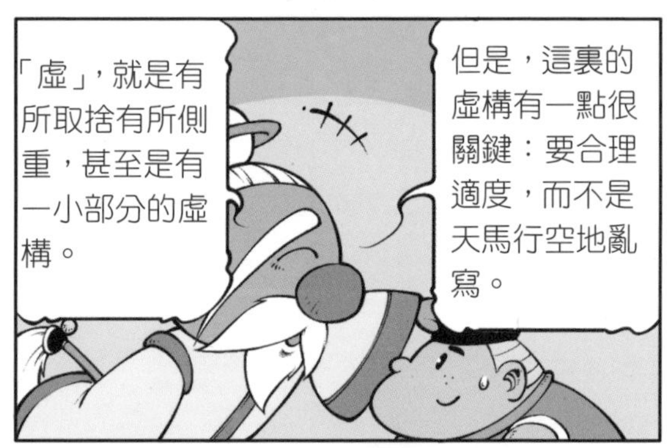

「虛」，就是有所取捨有所側重，甚至是有一小部分的虛構。
但是，這裏的虛構有一點很關鍵：要合理適度，而不是天馬行空地亂寫。

師公，我明白了。寫作文就要像《三國演義》一樣，七分真，三分虛。如果全真，就成了《三國志》；如果全假，就沒有真情實感了。

不錯，選材要儘量「實」，抒情和議論要適當「虛」，以虛襯實，虛實相生，文章就能打動人了。
孩子們，記住，作文是來源於生活而高於生活的。
小可樂他們聽了真人的解說後，不覺間功力又增長了幾層。

祕籍點撥

作文本身，就是「虛」與「實」的結合。這二者中，「實」一定是基礎。寫作文，就要從自己真實的生活出發，要儘量寫自己親身經歷過的事情。

寫事的作文，選材要真實。比如寫媽媽對自己的愛，與其虛構一件不存在的事情，不如踏踏實實寫好「媽媽照顧生病的我」這一類令人感到溫暖的小事。

寫事的作文，可以適當虛構。當從自己的經歷中找不到特別恰當或貼切的材料時，可以對自己經歷過的事作一定程度的加工和改造。蕭紅的《呼蘭河傳》是她最為人熟知的作品，然而這個故事中的人物和情節都被修飾過、美化過，並不完全符合蕭紅真實的童年生活。

要注意，敘事裏的「虛」有一點很關鍵：合理適度。總而言之，選材要儘量「實」，抒情和議論要適當「虛」，以虛襯實，虛實相生，文章就能打動人了。要記住，作文是來源於生活而高於生活的。

用武之地

少俠，聽完了「虛實真人」章三分老前輩所說的話，你是不是悟出了許多關於寫作的道理呢？敘事中有虛實，要做到以虛襯實、虛實結合，這可不容易。在日常的生活中，我們要先多積累「實」的材料。

請試着用一句話簡寫一件發生在你身上的真實的、特別的故事，學會記錄。

____

____

____

____

____

第二十七回 一家三口順倒插

三種敘事順序，要分清用法

四時八方乃順敘，倒行逆施可倒敘。
兩者以外有插敘，一家三口真有趣。

「很多年以後，奧雷連諾上校站在行刑隊面前，準會想起父親帶他去參觀冰塊的那個遙遠的下午。」提到倒敘，讓人不得不又想到了《百年孤寂》的開頭。一開頭，作品就以上校本人的口吻，站在現在回憶過去，用一個魔幻現實主義的開篇，以一個家族長達一個世紀的興衰來再現了拉丁美洲歷史社會圖景。其實，在電影和文學創作中，經常用到倒敘的寫作方法，從故事發展的結果開始敘述，然後再回述以往故事的發生和發展。當然了，無論是順敘、倒敘還是插敘，都應當從內容和形式的需要出發，或是為了表達主題的需要，或是為了結構變化的需要，或是為了造成懸念，引人入勝，起到特殊的表達效果，千萬不可為了倒敘而倒敘。

三位小夥伴得到掌門的許可，在包打聽的陪同下遊覽武當山，並與各位武當弟子交流寫作功夫。
這裏住着順敍伯父、倒敍伯母、插敍師兄，他們是掌門人的徒子徒孫。

順敍、倒敍、插敍？這一家三口的名字真有趣。

見到他們本尊後，你會覺得更有趣的。而且他們的名字就和他們的功夫有關。

這不是包打聽師姪嗎？你好。

順敍師伯，您好。今天我帶作文派的三位少俠前來拜訪您。
師伯好。

四人被請進屋子，說明了來意，順敍大俠欣然同意。

小可樂！接招！

夏
午
晨
暮
夜
秋
冬
前
東
後
北

不多時小可樂便甘拜下風。
多謝師伯指教。
承讓，承讓。

小兄弟，我這套「四時八方拳」，最講究順序和條理。寫作文必須要按照一定的順序，或者時間，或者地點，才能表達得清楚。

是我家夫人回來了。
誰說的！
！

各位見笑了。這是我的妻子，倒敘女俠。
見過各位！
倒敘伯母好生了得：人未到，聲先至；進門口沒看到頭，卻先看到腳，真是不同凡響！
小姑娘，過獎了。但你不得不承認，這樣的出場方式，很是令人印象深刻吧？
她呀，向來都喜歡和我反着來。我要正着，她偏要倒着；我要順着，她偏要逆着。我悟出了「四時八方拳」，她就自創了「倒行逆施腳」。

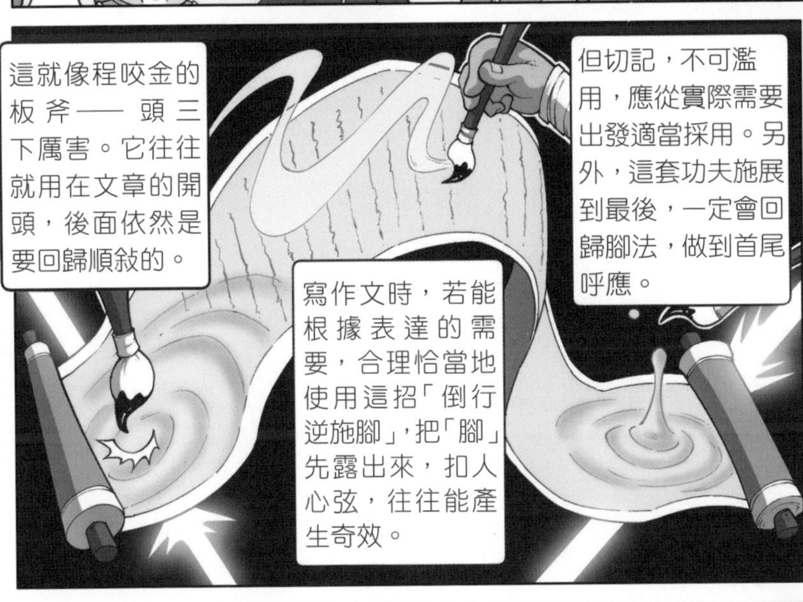

插敘師兄集父母優點於一身，可謂是「青出於藍而勝於藍」。插敘就是在寫敘事作文時，在順敘的過程中，適當插入一些與主要情節相關的內容或過往的回憶片段，起到了開展情節或者刻畫人物的作用。

祕籍點撥

寫作文要講究順序和條理，要按照一定的順序來寫，或者時間，或者地點，才能表達得清楚。比如《背影》中，朱自清按照事情發展順序，把父親送「我」去火車站坐車的事情寫得很清楚，這就是順敍。

有的時候，我們也可以把事情的結局或某個最重要、最突出的片段，提到文章的開頭，之後再按照事情發展的順序去敍述，這就叫倒敍。莫泊桑《我的叔叔于勒》的開頭就是用了倒敍的手法：「父親的弟弟于勒叔叔，那時候是全家唯一的希望，在這以前則是全家的恐怖。」這裏，作者站在當下的角度引出對過去事情的敍述。

插敍就是在寫敍事作文時，在順敍的過程中適當插入一些與主要情節相關的內容或回憶的片段，起到開展情節或者刻畫人物的作用。魯迅在小說《故鄉》中寫道：「這時候，我的腦裏忽然閃出一幅神異的圖畫來……」這裏，文中的「我」本和母親在閒聊當下的雜事，而「閏土」這個名字勾起了「我」的思緒，於是這段回憶便被插入文中，起到了刻畫人物的作用。

用武之地

少俠，我發現好學的你似乎對順敘大俠的「四時八方拳」和倒敘女俠的「倒行逆施腳」充滿了興趣。怎麼樣，也上場練兩手吧？

請試寫一段以「一次令我感到 ___ 的經歷」為題，用上倒敘手法的故事開頭。

____

____

____

____

____

____

____

文如看山不喜平，橫看如峯側如嶺。
連綿起伏挾風雲，起承轉合扣人心。

人人都愛聽故事，但是不愛聽「一馬平川」的故事。講故事一般有三種順序模式，第一種叫按時間推移，即按照時間的先後，先發生的先説，後發生的後説；第二種叫按事件脈絡，即按照事件的推演，層層遞進；第三種叫主旨發散法，即內容圍繞一個要表達的核心點，向外延伸。在寫作中，你也可以試着用不同的方式來敍述清楚一件事，讓自己筆下的故事變得與眾不同。

一大早，小可樂就來到武當之巔欣賞日出。

!

這位前輩，您好，您也這麼早來看日出呀？

小兄弟，你好！我並不是來看日出的，我是來看山的。
貧道乃看山道長。

看山道長？這山有甚麼好看的？

你不知道，看山可有趣了。蘇東坡先生曾經寫過「橫看成嶺側成峯，遠近高低各不同」。
每一座山都有自己的特點。看山的過程中我甚至領悟出了寫敘事作文的功夫呢！

看山也能悟出作文功夫？好神奇！
寫事時，最怕事無巨細地平鋪直敘，為了避免這一點，我們要做到：起、承、轉、合。
所以，我創的功夫，名字就叫……

起承轉合四象掌

想要故事吸引人，就要做到起、承、轉、合這四個字。

三個小朋友約好了去公園。（起）
他們在公園裏見到有人在踢球，也想加入。（承）
這時，有隻小狗徘徊在路邊，像是迷了路。是踢足球，還是找狗主人？（轉）
小朋友放棄了踢球去找狗主人。儘管沒能踢球，但他們為別人做了一件好事。（合）
從表面上看，小狗迷路與踢足球之間沒有必然的聯繫，但通過取捨，反映了孩子們的美好心靈和高尚品德。

聽上去好厲害的樣子，求道長賜教！

小可樂在山頂修煉起「起承轉合四象掌」，雖大汗淋漓，卻樂此不疲。

嘿！
哈！

唰

小心！

有刺客！

起承轉合四象掌！
起
武松路過景陽岡山腳下，在自稱「三碗不過岡」的酒家裡喝酒。
承
武松不聽店家「山上有大蟲」的勸告，在夜間走上景陽岡。
轉
武松遇到大蟲，先被大蟲進攻，閃躲後，赤手空拳地打死了大蟲。
合
武松下岡，人們知道了他的打虎事跡，他成了打虎英雄。
(大蟲即是老虎)
咚！啪！

咔

看山老道，你居然把功夫傳給了這個毛頭小子？

暗器上有毒？
呃
孺子可教也！

我認得你的眼睛，你是「烏龍教」四大天王之一「平天王」吧？你的暗器上塗了「平鋪直敘毒」，你想毀了我的武功。可惜你沒有料到，我已經將功夫傳授給了這位小兄弟。
可惡，是烏龍教的人？
哼！

這次算你走運，你們都給我等着，總有一天你們會臣服於我們烏龍教，哈哈哈……
!

黑衣人消失後，小可樂將看山道長扶回武當大殿，請章真人為他療傷。

祕籍點撥

正所謂「文如看山不喜平」，寫事的時候，最害怕的就是事無巨細地平鋪直敘。為了避免這一點，讓故事更吸引讀者，我們就要努力做到四個字：起、承、轉、合。下面這個案例就是生動的解釋。

起：爸爸帶我一起去逛花市，我們一起欣賞和挑選了很多美麗的花卉。

承：時間接近中午，我央求爸爸帶我去吃快餐，於是我們去吃了雞髀。

轉：哪知道吃完後，我上吐下瀉，連忙去醫院救治。

合：最後，在醫生的檢查下，發現了我的腸胃有點毛病。我認識到了健康的重要性，決定每週末和爸爸一起晨跑。

用武之地

咦？少俠，好巧啊！你也來山頂上看日出？哦，是看山呀。聽說你最近也在練這套「起承轉合四象掌」，不如給我們露兩手吧？

請試寫出一個包含起、承、轉、合的小故事，可以寫實，也可以虛構。

一波三折望雲空，無風起浪驚濤功。
矛盾衝突情節裏，意料之外情理中。

你是否有過這樣的經歷？一本你愛不釋手的故事書，即使被迫放下書本，裏面一波三折的情節也會讓你牽腸掛肚：接下來會發生甚麼？很明顯，這樣的敘事是成功的，因為這裏的敘事方式不是平鋪直敘的，而是形成了一條弧線，也叫敘事弧。敘事弧展現了故事情節發展的路徑或順序，以及如何創造出這一系列事件流動和進展的效果。下次你開始寫事之前，可以先畫出一條敘事弧。如果你還不確定你的故事的下一步是甚麼，這條弧線也許能幫助你找到方向，還能讓你的故事「一波三折」，更有吸引力。

看山道長被「平鋪直敘毒」所傷，章真人為他運功療傷。
……

章真人，道長傷勢如何？
呼！

毒氣暫時控制住了，但想完全恢復，還需去請看山道長的弟弟——觀海道長來。
只是，他的脾氣古怪……

交給我吧，我一定把觀海道長請過來！
我們也一起去！

記下章真人的叮囑，小可樂三人來到後山尋找觀海道長。

請問，閣下是觀海道長嗎？

看山道長身中「平鋪直敘毒」，我們是作文派弟子，前來請觀海道長出手相助。
果然是親兄弟，長得真像！

你們是誰？
幹嗎打斷我欣賞雲海？

雖然看山是我哥哥，但想讓我幫你們，還是得讓我心服口服才行。

任何考驗我們都接受，請賜教！

那就看看你們的悟性了！

起！
觀海道長施展神功，一時間，風起雲湧，雲海翻騰，雲霧中顯現出一篇作文。

長跑比賽

今天下午，我們學校組織了面向高年級同學的長跑比賽，我也參賽了。

長跑比賽在學校大操場舉行。當看到五年級的同學開始跑時，我手裏的汗水不斷地滲了出來，心跳也情不自禁地加快了。

馬上該我們跑了，跑前老師對我們說：「共跑四圈，剛開始速度不要太快，到最後一圈再提高各自的跑速。」

哨音一響，我們便跑起來。才跑了半圈，我就有點累了，於是按照老師說的慢慢跑，感覺好多了。可是第一圈跑完了，我卻落在了最後面。我暗暗地對自己說：「千萬不能太着急，等會兒我就會趕上他們的！」

果然，在跑第二圈時，有些同學因先前奔跑的速度過快而體力不支，於是，我抓住機會趕到了前幾名。

跑第三圈時，我已經趕上了最快的劉琦，緊跟在他的後面。這時，我感到身體非常疲憊，嘴裏像冒煙似的，上氣不接下氣。但是看到劉琦在拚命地衝向終點，同學們的歡呼聲一陣蓋過一陣，我不由得也加快了速度。

到了第四圈，我超過了劉琦，但快要脫力的我很快又被他反超了。快到終點了，我和劉琦把別的同學遠遠地甩在後面，加速衝向終點，可我的腳似乎被捆上了一座大山，沒有力氣再反超了。

最後，我得了第二名。這是我在小學最後一次參加長跑比賽了，它使我永遠難忘。

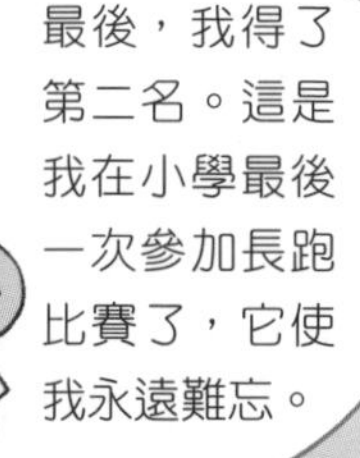

此文優點甚多，人物的對話、心理、動作描寫都很精彩！我認為最好的還是情節。想讓情節吸引人，就要製造矛盾衝突，一波三折。

對，會寫故事的作者，要善於在沒有波瀾的地方製造點動靜。有了波瀾，讀者的目光就被吸引了。
這篇作文，按照一般人的思路，都是咬牙努力，終獲第一。但是作者卻寫得與眾不同，最後結局出乎意料，但又在情理之中，就顯得真實可信了。
就像主人公從第一圈到第四圈，排名和心理都在不斷地發生變化，讀着十分有吸引力啊！
觀海道長，我們說的對嗎？

哈哈，你們很有悟性，你們習得的這套神功，就是解「平鋪直敘毒」的祕方。你們快回去救人吧！
海

三位小夥伴一聽，忙謝過觀海道長，興高采烈地回去了。
海

祕籍點撥

敍事作文最吸引人的，莫過於精彩的情節了，而情節想要吸引人，那就要靠製造矛盾衝突，寫出一波三折。想要一波三折，有三個好辦法可以幫你：

1. 開頭出乎意料

有首祝壽的打油詩是這麼寫的：「這個婆娘不是人，九天仙女下凡塵，生個兒子去做賊，偷得仙桃獻母親。」開頭一句語出驚人，以為是胡言亂語，誰知話鋒一轉，又回到祝壽主題，讓人不由拍手叫絕。

2. 結尾出現變化

《最後一片葉子》這篇文章就是典型的「歐·亨利式結尾」，以一種意料之外卻又情理之中的方式，點出一直支撐着女主角生命希望的那片常春藤葉其實是老畫家「最後的傑作」，突顯了窮藝術家之間真誠的友誼，也升華了老畫家捨己為人的形象。

3. 情節出現突轉

馮驥才《刷子李》這篇文章就採用了這樣的形式：一開始，我們跟着曹小三的視角看到了刷子李精湛的技藝，可我們一樣關心刷子李身上有沒有白點；情節突轉，曹小三看見「刷子李褲子上出現一個白點，黃豆大小」，我們以為刷子李功夫不到家；後面情節又一突轉，「那白點原來是一個小洞！剛才抽菸時不小心燒的」。這樣一來，故事情節跌宕起伏，十分精彩。

用武之地

少俠你可真是好功夫啊！先學了「起承轉合四象掌」，又練成了「無風起浪驚濤功」，身負看山、觀海兩位道長的兩大絕學，你安排情節的能力一定登峯造極啦！快看，那不是「平天王」嗎？他又來找麻煩了！快用你新學的這兩大神功來對付他，替看山道長出一口惡氣吧！不過，你可要小心他的兵器——「流水杖」，還有他的「平鋪直敍毒」哦！

請試寫一小段精彩的故事，做到一波三折，可以反轉，再反轉！

第三十回 損餘補缺天之道

細節描寫貴精不貴多

天地之道跟我讀，損有餘而補不足。
細節貴精不貴多，增刪修改終成熟。

著名作家趙樹理說過，細緻的作用在於給人以真實感，越細緻越容易使人覺得像真的，從而使人看了以後印象更深刻，很多著名作家總是將日常生活中細微的動情點定格、放大：朱自清筆下的《背影》，父親蹣跚的身影，在上下月台時艱難的典型動作，撞開了我們的心扉；《最後一課》中，作者在結尾將筆觸聚焦在了韓麥爾先生一連串的動作上，「他呆在那兒，頭靠着牆壁，話也不說，只向我們做了一個手勢」，形成永恆的雕塑；《故鄉》中，閏土冬天捕鳥的一系列動作細節，掃、露、支、撒、繫、牽、看、拉、罩等動詞，生動而富有層次地描寫了捕鳥的過程，有趣的捕鳥細節成為經典的慢鏡頭……在寫作中重視細節描寫，可以讓慢鏡頭的文字打敗時間！

看山道長結合兩種心法，總算是將體內的「平鋪直敘毒」給清除了。
呼——
山

毒雖然解了，但還是要躺在牀上好好休養幾天。

觀海其實很重兄弟情的，只是有點嘴硬。

看山道長為了保護我而受傷，我要為他做點甚麼才行。

小可樂與油菜花、至尊飽、包打聽商量後，決定去後山採點草藥，為道長補補身體。

採藥記

今天，我和大師兄、小師妹、包打聽為了給看山道長補身子，去武當山上採藥。大師兄採了5株，小師妹採了7株，我採了3株，包打聽最厲害，採了12株。我們一共採了27株草藥，收穫滿滿，高高興興地回去了。

我改成了270株草藥，是之前的十倍呢！
不是這個意思啦……
寫的甚麼文章？我可以看一下嗎？

……

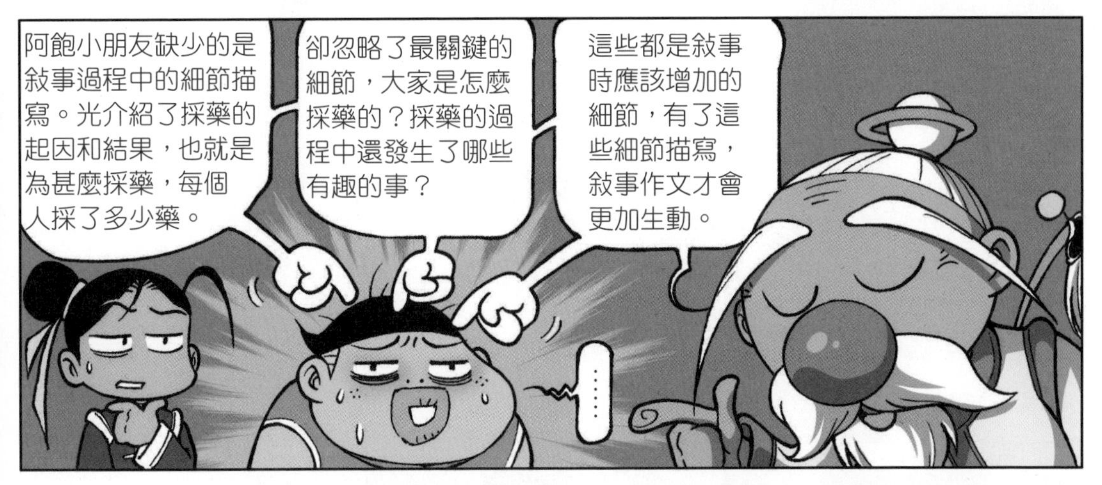
阿飽小朋友缺少的是敘事過程中的細節描寫。光介紹了採藥的起因和結果，也就是為甚麼採藥，每個人採了多少藥。
卻忽略了最關鍵的細節，大家是怎麼採藥的？採藥的過程中還發生了哪些有趣的事？
這些都是敘事時應該增加的細節，有了這些細節描寫，敘事作文才會更加生動。
……

這是我們武當派內功修煉心法《天之道》，你們好好修煉一下，就明白了。
天之道

謝過章真人，大家開始快樂地學習起來。

這不是我們在消滅「虎頭蛇尾怪」時用到的武當功夫嗎！
原來，真跡在這！

今天，我和大師兄、小師妹、包打聽為了給看山道長補身子，去武當山上採藥。武當山上，樹木繁茂，草藥眾多。我們為了增加採藥的趣味性和增強採藥的動力，就決定賽一賽誰採得多。

大師兄小可樂一向好勝，所以他施展輕功，跑在最前頭，轉眼就採了好幾株。小師妹則非常細心，仔細地研究草藥的生長位置分佈，很快採藥的數量就趕上了大師兄，甚至還後來居上，一度超過了他。

最厲害的要數包打聽了，他是武當山的弟子，自然是熟門熟路，所以憑藉對地形的了解，很快就採到了大量的草藥，成了當之無愧的冠軍。

至於我，腿腳慢，找藥也沒甚麼經驗，只採到 3 株，敬陪末座了。最後，我們一統計，總共採了 27 株草藥，收穫滿滿，就高高興興地回去了。

祕籍點撥

很多小朋友的文章為甚麼寫得不生動，其實缺少就是敘事過程中的細節描寫。好的細節描寫貴精不貴多，但在必須要詳細描述的地方，文字又要足夠豐富、生動。

細節要反覆出現。《慈母情深》中，數字「七八十」這個細節在文中反覆出現，目的就是通過強調工廠的逼仄來反映母親工作環境的艱辛，突出母親給出買小說的這筆錢的不容易。

細節要在特殊情景下放大。《父愛之舟》中，父親和「我」吃涼粽子的這個細節在「逛廟會」的熱鬧場景中被放大，一冷一熱的反差，突顯出父親對我始終不變的深情。

用武之地

「天之道，損有餘而補不足」。這可真是一句至理名言！少俠，修煉了《天之道》的心法後，相信你的功力一定又精進了一分，快到演武場上試一試身手！

請以「一次運動會」為題，試寫一段包含細節描寫的語段。

第三十一回 逗鳥釣魚控詳略

文章要有詳有略，詳略得當

逗鳥收放很自如，釣魚鬆緊也舒服。
有詳有略還得當，恰到好處走對路。

「飛白」，是指在書法創作中，筆畫中間夾雜着絲絲點點的白痕，給人以飛動的感覺，故稱其為「飛白」。如宋代黃伯思《東觀餘論》記載：「取其若絲髮處謂之白，其勢飛舉為之飛。」在書寫中產生力度，使枯筆產生「飛白」，與濃墨產生對比，濃淡相襯，虛實相依，讓書法有了韻律感和節奏感。其實，文章當中也需要「飛白」，不能每個情節都落到實處，寫得詳細具體，而應該有詳有略，詳略結合，這樣文章才能有節奏感。

三人每日刻苦鑽研章真人親傳的《天之道》。
天之道，損有餘而補不足。就是：不該寫的就少寫，該多寫的要多寫。

大師兄，到底哪些該寫啊？

我也沒明白呀。

咱們的悟性還是不如師妹高啊。

去問問包打聽吧。

有勞包兄了。
這個我也不熟，不過，咱們可以去向「山海雙老」請教。

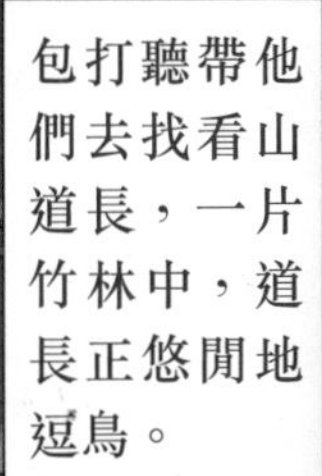
包打聽帶他們去找看山道長，一片竹林中，道長正悠閒地逗鳥。

撲拉
撲拉

看山道長，為甚麼這些鳥到了您的手上，就像孫悟空到了如來佛祖的手掌心一樣，飛不出去了？

其實，這些鳥都是能飛的，我之所以能將它們控制在手上，只因為我用了「一收一放」的太極功夫。鳥兒展翅飛翔時，雙足要先踏地，才能一躍而起。我在鳥兒雙足落下之前先將手掌往下一縮，鳥兒一腳踏空，力氣就泄了，再往上一抬，鳥兒就被一掌頂起來，卻也飛不走。就這樣一縮一抬、一收一放，鳥兒就只能在我的掌心裏蹦蹦跳跳啦。其實，在寫敘事作文的時候，也包含這種「一收一放」的道理。

你們好像還是沒有明白呀。
……
鳥？
飛？
放？
嗽？

不如再去問問觀海道長吧！

武當瀑布
嘩！

是敘事作文哪裏多寫哪裏少寫的問題呀。
是。

這就和釣魚是一樣的道理，你們先來體驗一下釣魚吧。
哇！釣了好多！

於是，三人開始體驗釣魚。

魚上鈎了！

啪
哎呀！

包打聽、至尊飽一個太用力，一個太鬆弛，結果三人一條魚也沒釣上來。
……

看山讓你們來找我，正是因為我釣魚的方法和他逗鳥的方法是一樣的。
釣魚嘛，太用力拉不行，不用力拉也不行。只有做到「一鬆一緊、一拉一扯」，才能釣到魚。

我知道了，兩位前輩是在說「詳略得當」的寫作技巧。敘事作文一定要詳略得當，該重點寫的地方詳寫，該一筆帶過的地方略寫，只有這樣，作文才會好看。正和逗鳥時一收一放，釣魚時一緊一鬆是相同的道理呀！

收一收一
一收一放
一收
一放
收
一放
收一放
鬆一
一緊
鬆
緊一
一鬆
緊一鬆一

如果都略寫，就太鬆、太輕。上鈎的魚兒會掙脫，手上的鳥兒會飛走。
沒錯，如果都是詳寫，難免有些用力過猛，就像被扯斷的魚線。

再送你們一句十六字箴言：有詳有略，詳略得當，一收一放，收放自如。
看山道長！

詳略之道的精髓就在於「恰到好處」四個字。
多謝道長指點。

祕籍點撥

敘事作文一定要注意詳略得當，該重點寫的地方詳寫，該帶過的地方略寫，做到有詳有略，詳略得當，作文才好看。如果都是詳寫，這篇作文就有些用力過猛，就像魚線被扯斷，效果反而不佳。而如果都是略寫不免就太鬆、太輕，作文無力，也達不到效果。詳略之道，精華就在於「恰到好處」四個字。

在《「諾曼第號」遇難記》這篇文章中，哈爾威船長的種種表現得到了詳細描寫，作者幾乎是不厭其煩地用大篇幅記敘了哈爾威船長的言行舉止，而關於船上的乘客、海員的表現則被一筆帶過。這樣，就刻意突顯了哈爾威船長鎮定自若、沉着冷靜、指揮有度的光輝形象。

用武之地

真沒想到，逗逗鳥、釣釣魚，竟然也能成為修煉作文功夫的方法，相信少俠一定體會到了「功夫在平常」的道理，領悟了詳略之道的你，已煥然一新了吧。

試寫一小段精彩的故事，做到詳略得當、恰到好處。

____

____

____

____

____

第三十二回 同題競技角度多

敍事的角度可以多種多樣

不同角度不同門，不同人寫不同文。
同題異構按類分，真情實感文有魂。

「一千個讀者就有一千個哈姆雷特」，同樣一件事，一千個寫作者就有一千個敍述的角度。

你可以「螺旋式描寫」，把兩條並行的故事線像擰麻花一樣擰在一起，《三國演義》就經常使用這種擰麻花似的敍述手法。比如這一回主要講述的是魏國和蜀國之間的戰爭，而下一回吳國要出場，這裏需要給吳國一個過渡情節，那麼就在魏蜀兩國的戰事中間，插入隻言片語的簡介，讓讀者對即將出場的吳國有一些了解。你也可以進行「側面描寫」，像《三國演義》中的「溫酒斬華雄」，沒有正面描寫關羽怎麼打敗華雄，鏡頭一直固定在曹操這邊，待關羽殺完人回來，「此酒尚溫」，又省筆墨又精彩。

在武當敘事派交流學習的這段時間裏，小可樂三人也算學有所成。
章真人、「山海雙老」、敘家三口以及包打聽，都幫助他們學到了很多功夫。

又到了分別的日子，小可樂三人向章真人辭行。

少林寫人派曾給你們設置了「十八銅人陣」的考驗，我們武當敘事派雖然沒有考驗的傳統，不過為了檢驗三位少俠是否學有所成，還是給你們出一道考題吧。
請章真人出題。

就寫你們在武當敘事派裏學習並獲得成長的一件事吧。
時限為一炷香。

很快，小可樂運起「無風起浪驚濤功」和「起承轉合四象掌」，幻化出一篇作文。
一波三折的成長
最近，我和至尊飽、油菜花三人來到武當敘事派，學習敘事寫作的技巧。然而事情發展並沒有那麼順利，在學習期間，我遇到了一件一波三折但又令我收穫極大的事情，讓我始終銘記在心。
我向看山道長學習「起、承、轉、合」技巧的時候，本來一切順利而愉快，可是怎料遭遇了「烏龍教」的平天王，他給看山道長下了「平鋪直敘毒」。
後來章真人幫看山道長運功解毒，初步化解了毒素，為了讓看山道長徹底排毒、完全恢復，我和至尊飽、油菜花去後山，找看山道長的兄弟——觀海道長幫忙。
觀海道長沒有直接答應我們，反而給我們設置了一個考驗，通過作文，讓我們明白了故事情節要「無風起浪」「一波三折」的道理，我們領悟了新的敘事功夫，也成功幫看山道長恢復了健康，一舉兩得。
成長的道路是曲折的，但也是光明向前的。在武當敘事派裏我們還學到了其他不少關於敘事的技巧，這些都成功地幫助了我進步，讓我收穫了成長。

另一邊，至尊飽一個跟頭亮出了自己的作品。
多寫？少寫？
最近，我和大師兄、小師妹都在武當敘事派學敘事功夫：大師兄學會了看山道長的「起承轉合四象掌」和「無風起浪驚濤功」；小師妹通過敘家三口的傳授，深諳順敘、倒敘、插敘的寫作技巧；而對我來說，收穫最大的，就是明白了詳略得當的重要性。
那天，我把上山採藥的過程寫成了一篇作文，被大師兄取笑了，因為我寫得太簡略，只有結果，沒有過程。路過的章真人看到了，就傳授了我們武當派的獨門絕學 —— 天之道心法。
天之
天之道，損有餘而補不足。也就是說，多的就要刪，少的就要加，該多寫的地方多寫，該少寫的地方少寫，要做到詳略得當。這對於一直不知如何把握內容的我來說，簡直是根救命稻草。
天之道
通過修煉天之道心法，我在寫作上取得了長足的進步，現在的我，已經能夠做到寫文章時有詳有略了。用章真人的話說，就是：既不能太過簡單直白，也不能事無巨細都寫出來，要做到恰到好處。
這真是段難能可貴的成長經歷。

小師妹翩翩起舞，用獨特的視角創作起來。
看到這個題目，你一定以為是那篇課文吧？其實不然，這是我在武當敍事派學習寫作時，親身經歷的一件事。
一天，我為了了解如何安排寫作內容的詳略，就去向觀海道長請教。那時他正在溪邊垂釣。聽完我的問題，他沒有直接回答我，而是先讓我試着釣釣魚。
釣魚的啟示
開始，魚一上鈎，我就用力往上拽，結果扯斷魚線，魚溜走了；後來，我改變策略，輕輕拉扯，結果魚再次逃脫。
看到我不明所以，觀海道長道出原因：釣魚的時候，要一鬆一緊，一拉一放，魚才會慢慢被你拉上岸。其實寫敍事作文也是同一個道理，只有詳略結合，交錯編排，才能取得最佳效果。
生動、鮮活、有趣的教學，讓我的成長如此快樂。

我們找觀海道長時，師妹你沒在呀。
我就不會自己去問嘛，笨！

不錯，我宣佈三位少俠成功過關。

祕籍點撥

同樣的事件，由於觀察角度不同，所處位置不同，甚至作者性格不同，寫出來的作文往往也是不一樣的，這就是敍事的魅力。每個人都應該找到自己寫敍事作文時的風格，學會用獨特的、真實的、屬於自己的視角，去寫好一篇敍事類的記敍文。

下面是三位作家的同題作文，你會發現老舍以親切的口語化風格寫出自己對貓的看法和情感，夏丏尊從他人的反應側面描寫貓受人喜愛的特點，周而復則對貓的外貌、動作、神態等方面進行了詳細描寫。三位作家，三種風格。

說它老實吧，它的確有時候很乖。它會找個暖和的地方，成天睡大覺，無憂無慮，甚麼事也不過問。可是，它決定要出去玩玩，就會出走一天一夜，任憑誰怎麼呼喚，它也不肯回來。

——選自老舍的《貓》

小貓白玉似的毛色上，黃斑錯落得非常明顯。當它蹲在草地上或蹦跳在鳳仙花叢裏的時候，望去真是美麗。每當附近四鄰或路過的人，見了稱讚說「好貓」的時候，妻臉上就現出一種莫可言說的得意，好像是養着一個好兒子，或是好女兒。阿吉、阿滿這兩個孩子從學校一回來就用帶子逗它玩，或是捉迷藏似的在庭間追趕它。我也常於初秋的夕陽中坐在檐下對這小動物作種種的遐想。

——選自夏丏尊的《貓》，有改動

它一身的白毛像雪似的，中間夾着數塊墨色的細毛，黑白相間，白的顯得越白，而黑的越發顯得黑了。臉一半白，一半黑，兩顆小電燈泡似的眼睛在臉中間閃啊閃，見我低下頭看它，它也一個勁地盯着我。一條全黑的尾巴躺在地上，悠然自得地搖擺着。嘴張得很大，露出幾顆嫩白的小齒，咪咪地叫着，那幾根細魚骨頭似的白鬍須，傲傲地動着。

——選自周而復的《貓》，有改動

用武之地

作文派的三位小英雄都順利出師啦！少俠，你不就是作文派到武當來學習的第四位弟子嗎？你在這段時間的學習中，獲得了哪些收穫和成長呢？

寫一寫你這段時間在武當敍事派學習敍事功夫的經歷吧！